U0068504

如果你不曾來過

不曾來過

龔華——著

【推薦序】

你，不只是面具
——讀龔華《如果你不曾來過》

文／蕭蕭（詩人，明道大學人文學院前院長）

　　詩人使用代名詞（你、我、他、它、牠、誰），不只是文法學家所慣用的那種借代性效果，一般評論者都會說，這些代名詞都是「面具」，面具有面具的戲劇功能（如中國戲劇的臉譜、日本能劇裡的面具），當然也有它現實裡的偽裝效果、遮蔽作用。

　　文法學家心目中的代名詞通常用來代替句子中先前提及的名詞（包括名詞片語），這個被替代的名詞叫做先行詞，原來是為了避免這先行詞一再重複出現。譬如說：「每一滴水都有它自己的情義」，「每一滴水」就是先行詞，這句話的主詞，如果不用代名詞「它」就會累贅成「每一滴水都有每一滴水的情義」，後續的詞句可能也會一再出現「每一滴水」、「每一滴水」，累贅

而煩心。所以號稱用詞經濟而適切的現代詩,豈能不用「代詞」!

　　詩人應用的代詞,有的很清楚可以立即辨識,如先賢周夢蝶的〈樹〉中的「你」:「等光與影都成為果子時,/你便怦然憶起昨日了。//那時你底顏貌比元夜還典麗」(《夢蝶全集・還魂草》,頁158),因為題目早就先行標示了樹,讀者容易繞著樹翻飛思緒。但是周夢蝶的詩並不全然有一個昭明的先行詞在詩篇前後出現,如〈九行〉中的「你」出現在第一個字:「你底影子是弓/你以自己拉響自己/拉得很滿,很滿。//每天有太陽從東方搖落/一顆顆金紅的秋之完成/於你風乾了的手中。/為什麼不生出千手千眼來?/既然你有很多很多秋天/很多很多等待搖落的自己。」(《夢蝶全集・還魂草》,頁151)這個「你」底影子是弓,風乾了的手中可以完成秋,彷彿可以生出千手千眼,擁有很多很多秋天,那麼這個「你」所指稱的,到底是何人、何物、何事?或者哪種人生理想、生命藝術,抑或是周行不殆的乾坤天體?給讀者留下極大的冥想空間。

　　最近讀龔華七十後的《如果你不曾來過》(秀威,2022)詩稿,集名就出現了代詞「你」,這個「你」所

指稱的到底是何人、何物、何事？或者哪種人生理想、生命藝術，抑或是周行不殆的乾坤天體？

　　二〇一五年之前，我一直認為龔華是十足感性的黛玉型詩人，但她當時執意轉離營養學系、外商體系的職場經驗，報考文化大學中文研究所，我其實有些擔心她的體力負荷與知性的駕馭功夫，但她以五年的時間磨成碩論，出版專書《詩人梅新主編《中央副刊》之研究》（文訊，2021），獨見其史料之蒐羅宏富，論述節奏之層層轉進，身在梅新編輯團隊之中猶能超然於團隊之上的娓娓論述，頗有驚豔之喜。二〇二一年底，接讀《如果你不曾來過》詩稿，一番學術洗滌後的清新理路展現在她的輯名安排：輯一〔如果你不曾來過〕浮現出一些隱晦的身影、一些終極的理想；輯二〔輕煙在遠處〕則將最貼己的病痛推極到遠處勘探；輯三〔時空旅人〕，更抽遠自己的視矚，回頭審視一生中的旅站光影；輯四〔午後熱浪〕卻又拉近距離，感受生活裡的香甜辛辣，雜陳五味；輯五〔賞月人語〕則擴大了人世間生死的觀察與省思，盡是悼亡的悲憫之作。這五輯詩作的安排與分類，彷彿是生命的回聲與呼應，具全了情意的悸動、知性的靜定與思維。

　　因此我更相信輯一〔如果你不曾來過〕的「你」，應該不是文法學家心中簡易的第二人稱代詞。這首輯名、集名的同名詩作〈如果你不曾來過〉，結束於「一輩子了／我寧願也不情願／你不曾來過」的矛盾語，更讓讀者感受那種宿命卻又無可如何的深情，既疼惜又惋惜的奈何不得的情意。

　　〈如果你不曾來過〉，因為詩中出現「蔗田」、「蔗花」、「五分車」，我們會以為是龔華懷念長年生活在新營糖廠的父親、兒童詩家薛林（龔建軍，1923-2013），但卻出現「如果／你不曾來過／誰會懂得什麼叫做虛無」，「終於／駛向遙遠的誓約了／甜甜的暮春裡／我們卻無法彼此相認」，間接否認了這種可能。

　　你，出現在輯一裡十四首中的九首：〈如果你不曾來過〉、〈白色密語〉、〈手套〉、〈那時，我還牽著你〉、〈那時，我總寫著你〉、〈巷口〉、〈未結束的草山故事〉、〈從後現代裡逃亡〉、〈一首跋〉。另外有三首〈冬青樹〉、〈初雪〉、〈港邊〉出現的是女字邊的「妳」，我們可以確認是作者龔華的自我與內在的自己，深層的對話，一如〈告解〉出現的「我」。在這輯中，唯一未出現「代詞」的詩是〈暮色〉。這樣頻

繁出現「你」的現象，不曾出現在其他四輯作品中；
出現在其他四輯中的「你」，都可以找到原該出現的先
行詞。——所以，輯一的「你」自有深義，讀《如果你
不曾來過》，從輯一開始，不可錯過的，要跟詩人一起
回想的，就是這個「你」，非單義，不一定實指，也
非不一定實指，可能引觸到讀者心中私密性的另一個
「你」，左思右想卻也扣合無間，這是龔華詩的美妙在
此展翼。

那年／我還不知道什麼是詩的顏色／……／你穿戴潔白
的制服／在暈眩的舞池裡巡航

——〈白色密語〉

你從未料到親手包紮的是／組裝又拆解的命運／……／
我彷彿看見你的倦容／流落在一個很難對焦的鏡頭裡

——〈手套〉

夜如斯文的怪獸／輕巧獨行／劃過你名字的銀桂／何以
碰撞碎裂／如秋天裡的雪花

——〈那時，我總寫著你〉

你曾說／若別離／銀河系的小星球／將瞬間毀滅／……
／不經意或刻意／連同一粒離別的火種／殞落自宇宙的
／還燃燒著

——〈巷口〉

只有你／獨自守候那年親自栽種的詩句／在草山的秋陽
裡生出更濃密的銀穗／……／只有你／聽得見化石紋路
裡脈動的心跳／細訴尚未結束的草山故事

——〈未結束的草山故事〉

你的眼睛漸漸閃著湛藍的光采／驚艷泅泳天空的倒影／
那涼颼的湖面／明淨而肅穆／彷若我們的歸宿

——〈從後現代裡逃亡〉

山坡上忍眼看／你薄如灰的身子骨／夾在世紀厚重的詩
頁裡／山澗飛霧激越處／未竟的詩句長成松杉

——〈一首跋〉

　　基於此，「你」，在龔華詩中，不只是詩的面具，
確確然是不可輕忽的詩的靈魂。

　　從龔華的「你」，你是否也找到、也念及讓你舒服的磁場、讓你舒服的頻率、讓你舒服的意象、讓你舒服的心靈的那個「你」，非單義，不一定實指，也非不一定實指，專屬於你的那個「你」！

　　　　　　　　　　　　　　　　2021年歲末冬至

如果你不曾來過

【推薦序】

詩心與小說眼

文／林黛嫚（小說家，淡江大學中文系副教授）

　　詩心與小說眼，詩眼與小說心，說的都是龔華。

　　我認識的龔華，真的就是個詩人，有著細膩敏感的心靈，講究語言，當然還有穿著打扮，生活裡處處呈現詩的真與美。但是在她的人生，卻有著許多動人心魄的故事。有些我聽她說過，有些我親身參與，但更多的是從她的作品裡感受到的情節。

　　和龔華初識像一篇小說。一開始她是主編的朋友，當然其後我會知道她和主編相識於少年投稿，中年重逢，是文學搭起牽繫的橋樑。副刊工作時間雖不長，但十分燒腦，有時我會約美編在等稿的空檔到附近的咖啡館喝咖啡，那一家常去的咖啡館有一棵長得茂盛的雨豆樹，它前面的座位也是我們最喜歡的地方，有點隱密又有種身處叢林的異國感。我和美編邊喝個咖啡邊聊天，

　　偶爾也議論辦公室的是非，發發老闆的牢騷。過了好幾個月，當我和龔華認識，才知道在那個座位的斜對面，她也是常客。

　　龔華的人生也像一篇小說，少年的詩心在步入社會，走入婚姻後，成為錯綜複雜驚心動魄，充滿小說懸念的劇情，商場上貿易往來金錢折衝，回到家又有夫妻相應教養孩子整治家務許多瑣事，真不是三頭六臂可以交待，日子若平順，即使辛苦也有甜蜜的果實品嚐，卻在這時疾病來報到，展開長期抗癌之路，原有的事業規模結束歸零，彷彿人生一場也是幻夢一場，其時文學場域收獲了她，讓她得以在此繼續安身立命。

　　前年秋天我遊覽重慶仙女山景區，得小詩數首，寫作多年卻對自己寫的這幾首詩沒有把握，於是請詩人龔華指教，得到「頗有詩趣」的評語，於是才敢投寄《創世紀》詩刊，也創了我首發詩作的紀錄。當龔華要出版這本詩集向我索序，我也再不能以不懂現代詩作為推拖的藉口。

　　這本詩稿我反覆推敲、不斷琢磨，以讀長篇小說的慣性，努力解構一行一行的詩句，讀著讀著，豁然開朗，不免怨怪自己繞了遠路，浪費那麼多力氣，其實這

一首一首詩都是一個一個故事，詩心小說眼，也是詩眼小說心。像是這首〈如果你不曾來過〉，詩只廿一行，時光流轉卻是一輩子，順著女子的生命軌跡，緊接著〈公車票〉、〈白色密語〉、〈手套〉、〈那時我總寫著你〉……

如果你不曾來過，那麼我又在哪裡？

一個在糖廠員工宿舍長大的女孩，童年日常生活充滿糖蜜的芬香以及火車駛過的轟隆隆聲響，那載運甘蔗的五分軌小火車後頭追逐，跑啊跑著長成聘婷姿態，離開鄉村，站在霓虹燈下依然耀眼的少女。

在都會裡讀書就業甚至成家的她，卻彷彿仍在等待謹守遙遠誓約的人出現，茫茫人海中，即使相遇又如何相認，在游著各式魚種的城市河床上，只留下一起泅泳時繞過身旁的水草提供記憶。

詩的語言精鍊而節制，用小說去想像需要細節，在前述的故事梗概中添枝加葉有可能成為一篇像張曼娟《儼然記》的愛情小說，擁有美麗光華的樊素執著於一場不可能的愛情，經常自問「世上會不會有一種情緣，經過幾世的等待，只為了一刻的相遇？」終於，那人從夢中向她走來，兩人相視，一眼成永恆。她竟不知世上

會有如此清澈明亮的眼眸，像一泓深潭，緩緩包容她。
這不只是二十幾年執著的等待，這是一種亙古別離後，
剎然重逢的狂喜，卻又如隔千層雲、萬重山的遙遠，因
為他是三十年來從不動心，天生的佛門中人，可以說是
一帆風順，平步青雲，卻為和樊素見了這一面，他要求
閉關靜修，從此隱遁……

　　不知聽誰說過，大部分詩人的詩都是情詩，不過在
《如果你不曾來過》裡，龔華除了是情人，還是母親，
那些病中母親對子女的生死遺言令人徹骨動容。躺在病
床上要進開刀房的母親，若能安然度過今天，走入成為
今天的明天，那麼就可以獲得一枚上天頒發的勳章。除
了檢視自己蒼白的身軀任人畫符，病人母親也努力從眼
縫中辨視那和自己臍帶相連而今已然長大的身影，只要
闔上眼，身體腫脹的勞苦可以安息，所有的痛苦也都會
終止，但母親病人即使昏眼朦朧也要和孩子的視線緊緊
相連。

　　龔華曾經也想寫小說，故事的容顏變幻各式多彩繽
紛在召喚她，在這本詩集裡，她努力吟自己的生活成一
首詩，如果時間善待我們，或許可以我陪著她、她陪著
我一起走小說的路。

目　次

輯一｜如果你不曾來過

輯三┃時空旅人

輯四 ｜午後熱浪

輯五｜賞月人語

如果你不曾來過

如果你不曾來過

輯一

如果你不曾來過

如果
你不曾來過
誰會懂得什麼叫做虛無
世界將只剩風吹日曬的糾葛
蔗田向晚的彩霞
便不會塗亂那年熟成的天空

而青春
依然只是一朵寂靜的蔗花
躲在五分車的鄉間
任由鐵軌上的磔磔聲響
聞著糖蜜一路走過

終於
駛向遙遠的誓約了

甜甜的暮春裡
我們卻無法彼此相認

是否
皺紋太過柔軟
早已使歲月迷路？

一輩子了
我寧願也不情願
你不曾來過

自由副刊，2016.4.19
乾坤詩刊80期，2016年冬

白色密語

那年
我還不知道什麼是詩的顏色
只看見港都的天空
街道上飄揚的旗幟
步伐裡的口令
全是白的

那年
我還不懂得等待
是港口的汽笛
吹響了青春的慾念
你穿戴潔白的制服
在暈眩的舞池裡巡航

跟不上舞曲的瑟縮舞步
顛躓起初綻的年華
你我瞬間被含著晶鹽的熱浪席捲
如旋風般的來去
舞會裡散落
一地收假歸營的混亂

那年
我匆忙送走一支整齊的夢幻隊伍
換上一襲比年少更為慘白的白色泳裝
在游著各色魚種的城市河床上
埋下記憶的水草
任水都的樣貌生長

而你從不欠我什麼
只盼索討來了又走遠的意象
在茁壯的水草間
在碼頭邊
在離航的艦艇上
在早已被消音的白色密語間

中央副刊，2005.2.23

乾坤詩刊33期，2005年春

現代女詩人選集，2011（爾雅）

2005台灣詩選（二魚）

水都意象，2004（高雄廣播電台出版）

手套

南國的夏日
浪潮捲成一朵朵白花
蕊芯裡綻盪著純潔的笑

來不及問
那不會犯錯的是童年還是青春
墊高的海風裡
島嶼恍惚的氣息已被追逐

那年
肩膀上護衛的雙手不曾懷疑
是入港的急切錯估了季節更迭
你從未料到親手包紮的是
組裝又拆解的命運

才上岸的郵件裡
織錦般的圖案
刺繡著你流浪的座標
黑色琉璃珠上流轉著
每一個港口的星光

我彷彿看見你的倦容
流落在一個很難對焦的鏡頭裡
只一剎那
又被蒼老的歲月奪走

再一次　我向夜舉起
鑲珠手套密密覆蓋的手
讓一幅真實又虛幻的影子
嘗試舊日海洋飄來的絲質溫柔

那年
我還聽說有人狠心帶走花季
留下踽踽的白色雕像
苦撐夢的碎石路上的月光

2005.1.6

台灣時報副刊，2005.1.25

那時，我還牽著你

那時
我還牽著你

以血脈抽成的絲線
季節在風箏上
塗滿楓紅的沉靜

入秋的黑瞳裡
有影子晃動
細瘦如煙
追逐著遠去的氣流

少婦的祈禱留在窗後
試圖穿破因套著鎖鏈

而遲緩下來的
心形的風

儘管那時
秋雨裡的淚滴變得易碎
傷心卻是次要的
天堂裡的風畫著心形
連地獄裡的也是

2007.9.11
聯合副刊，2007.12.03
世界副刊，2007.12.22
乾坤詩刊44期，2007年冬

那時，我總寫著你

那時
我總寫著你

那瘦長的名字圍成圈
將每一層月暈
勾勒得更為亮潔犀利

夜如斯文的怪獸
輕巧獨行
劃過你名字的銀桂
何以碰撞碎裂
如秋天裡的雪花

終要片片融盡
簷廊下星子卻勇於滯留

比永恆還要遙遠的年歲裡
舉著將熄未熄的磷火

儘管
宇宙只剩蛙鳴和著蛙鳴

2007.9.11

自由副刊，2007.10.2

乾坤詩刊44期，2007年冬

巷口

你曾說
若別離
銀河系的小星球
將瞬間毀滅

多久的往事了
最後一片落葉離枝時
妳才看見那巷口的樹

那花
還懸在光禿禿的樹梢上
所有那年代的清晨
原來在夢裡一直跟蹤著

凍僵的巷子口
塞進口袋裡的水煮蛋
收藏著冬天的愛
還熱呼呼

不經意或刻意
連同一粒離別的火種
殞落自宇宙的
還燃燒著

聯合副刊，2016.2.15

冬青樹

星星們都厭倦了
只剩一點點月光鋪築夜路
支撐地球

自轉多少年了？

青春的光年越拉越遠
直到長巷盡頭埋伏的黃昏
割裂了眼角
鳳凰木流下火紅的血花
素顏的木麻黃
不再掛著鈴鐺妝扮聖誕季節

無分冬夏的澆灌
也早已使妳疲倦

而冬青樹苗
始終陪著妳沿著圍籬
一路看守

卻是無關歲月的藩籬
何以老將竟也難以抗拒
那沙場的迴盪

竟也惹得淚落滿園
當睫毛只是輕輕掀起
迷路雪花

不過一場雪啊！

看那層層覆雪下的
冬青樹
依然
綠著凍傷的綠

中華副刊，2016.2.14
創世紀詩刊186期，2016年春

初雪

一夕間
全都潔白了
如新婦的裙角
初夜裡最後的回眸

其實
多年前雪花也曾飄飛過
在他捎來的聖誕卡片上
妳躲在銀粉角落裡
聽麋鹿拖著空雪橇
自遙遠的星球來

天空藍著更深的藍
妳獨自打雪仗
平安夜裡

也聽說了
有天使來鬧雪
丟完雪球後
又一個個融化了

只剩手織的圍巾
還纏繞在北風的頸項間
繫著繽紛的結
而半世紀了
在白花花的戲謔中
妳依然鄭重妝扮著

額頭上的雪花夢
卻比那年碰撞得更加細碎了
凍僵的雪人兒啊

只怕融雪前妳還分不清
哪一場
才是真正的初雪呢！

人間福報副刊，2016.3.21

海星詩刊20期，2016年夏

港邊

> 秋天，就像第二個春天。每一片落葉，像是
> 一朵朵花。
>
> ——卡謬

那時
金釵滿地
點翠穿越幻境
步搖悠揚踏著時間

她們向來懂得
將揉皺的婚紗
鋪展成翻騰的浪花

而鏤空的雪泡
其間沒有一個經緯
為妳穿梭織補
尚未吐成的蠶絲
趁機漂離

偷襲岸邊的
繭中聲吶卻如
作坊的耳鳴
隱約聽得見
港灣外的秋天

為第二個春天
佩戴上第二朵花朵
浪中便掀起火焰
助燃的可是
港邊的落葉？

起稿於2014年秋
完稿於2017.8.26
聯合副刊，2017.9.20
乾坤詩刊84期，2017年冬

暮色

終將揮別
或留下的彩霞
璀璨如舊

未曾留意的是
髮際掠過的雨聲
或浪濤

可人的黃昏裡
那吹皺了地平線的風
悄悄嘟著嘴
躲進衣衫接縫處

覷
微顫的扶桑花

在修容
在黑森林的小徑上

聽
逆齡的校園鐘聲
保濕在暮色
寬闊的臂彎裡

2004.12.28晨擬稿於台東康橋飯店，擱置十年餘。
2015.1.13修改定稿。
聯合副刊，2015.3.3
乾坤詩刊74期，2015年夏

未結束的草山故事

眉眼不再深鎖
為搜尋霧障
芒絮追逐著山嵐
山嵐逃亡的路線越過山脊

在你微傾的坐姿裡
季節勾勒著往事
聆聽往事的芒稈彎了腰

在你凝神注視鏡頭的剎那
風轉了向偷襲快門
被沖洗掉的靈魂復活在記憶的窗口
暗房外似乎什麼也未曾改變

只有你
獨自守候那年親自栽種的詩句
在草山的秋陽裡生出更濃密的銀穗

只有你
聽得見化石紋路裡脈動的心跳
細訴尚未結束的草山故事

台灣日報──台灣日日詩，2003.7.26

創世紀詩刊136期，2003年秋

從後現代裡逃亡
──給E.L的天國之歌

之一　我的高山症

青海湖的高度懸著心悸
牽掛的詩鍊繫住足踝
你遲緩下腳步

喔　親親　才來呢
還不許離去
待我替你冰冷的身體加溫
遲遲秋日的油麻菜子
因我們熱血的身軀
結出一片狂野的靈魂
我嫩黃的心跳
便能低矮地讀著你脈搏的密碼
在這高原的泥土上

之二　我們佔領天堂

你的眼睛漸漸閃著湛藍的光采
驚豔泅泳天空的倒影
那涼颼的湖面
明淨而蕭穆
彷若我們的歸宿

誰知道呢
在這天國的足下
一半溫度或是謊話
人群純屬虛擬
煉獄複製著煉獄
從後現代裡逃亡

玩累了黑暗中捉迷藏的遊戲

重回陽光折射的地帶

趁海藍收割著金黃

我們佔領天堂

在油菜田裡

彩排青梅竹馬的童年

再盡情揮霍幾生幾世吧

台灣時報副刊，2005.5.16

告解

神旨悄然飄自遠古樓塔
輕點鐘聲而來的
是　蟄居已久的足尖
黑夜　因此飛濺出一片青白
那舊時的明月啊
為何照耀這異鄉的泥土

泛黃的歲月
在海鷗啣來的橄欖枝上抽新綠芽
地中海琴弦肆意流散的當兒
我流著淚越過聖壇
在逐漸微弱的燭光裡
進行一次背叛
為首次的邀約　也為
最後的逃亡

台灣詩學季刊，2002年3月38期

九十一年詩選，2002（爾雅）

現代女詩人選集，2011（爾雅）

一首跋

山寨裡下起雨

是誰遠來哭出的滾燙的淚

風景溶化在馬路上

那大街小巷的遺言啊

一場悲涼的身世在謠傳

是哪位先知的預言

鑲在岩石那塊晶石上

如同詩人的眼睛

親親　我們一起看

那養白了山壁的月光

如即將熄滅的瞳眸

孤冷滑行

我拒絕延續憂傷

山坡上忍眼看

你薄如灰的身子骨

夾在世紀厚重的詩頁裡

山澗飛霧激越處

未竟的詩句長成松杉

讓我們重新邂逅一次

在彩虹高遠的彼岸

聆聽

晶淞輕輕彈唱一首跋

後記：

2004年7月24日到8月4日，到中國大陸出席兩岸交
流會議。會後至九寨溝、青藏高原等地旅遊，途中
思緒漫舞，零星片段，誌以為詩。

台灣日報──台灣口口詩，2005.9.10

如果你不曾來過

輕煙在遠處

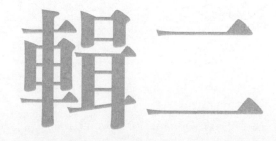

輯二

輕煙在遠處
——給吾兒

天花板飄浮著你蒼白的焦慮
輪子在長廊中摩擦出易碎的顫抖
經過多遠的路途了？
你我竟想不出一句話來
只是手牽著手默默傳遞那曾經
曾經　相連的養分和血流

同溫層的熱度被移動的床迮然撕裂
升降式門扉上下開合
將我吸入
你茫然忧在那兒
眼神如兒時犯錯般驚恐
它們將你吐在門外
緩緩擠壓你動彈不得的身影

我只能緊握越拉越細的臍帶

墜入洪荒世界

輕煙在遠處

張望你　向天地舞動的小小肢體

聽你　喧染宇宙的嬰兒啼哭

聞你　那不覺已浸泡了十來個寒暑的早熟氣味

你曾抱者我痛哭　說

都是你犯的錯

抽屜底潛藏著給媽媽的一封信

放學的書包裡溢出腥紅的懊惱

那原本不該屬於叛逆青春的殘酷色澤

無奈那日院子裡過盛的桃花剛謝滿一地

縱使意識已漸墜落
我仍清楚是麻藥的寬容
這一路上沒有憂傷
罪衍已清除在冰雹雷雨中
身體裡腫脹的一樁樁勞苦
即將安息在水草地
血肉模糊的歲月
也將逐河漂流

是春天在喊叫吧
青青的嫩芽方才探頭
我怎能獨自遠遊
待那雪白如蚌珠的赤身重新分泌成形
再度開啟的升降門縫裡
混沌的瞳眸中

必能搶先看見你逐漸長大的身影

後記：

生命的轉折總是適時來臨，疾病的隱喻不再晦澀，而
是隱藏在更寬廣的人生背後，成為支撐的力量。躺在
病床上被推往開刀房的路上，長廊傳輸著所有記憶的
回響，卻又忽而中止。巨大的錯愕來自自動門扉，從
未想到，再平常也不過的開闔動作，竟變得如此令人
震撼，我與孩子緊緊相連的視線遭切斷的那一刻，
我學著孩子們喜歡的句子，對他們說：I will be back
（阿諾史瓦辛格主演《魔鬼終結者》中名句）。

2004.2.21

中央副刊，2004.3.22

乾坤詩刊30期，2004年夏

粉紅絲帶
——獻給十月乳癌關懷月[*]

她們
不再交頭接耳
安靜的繞著弧彎行走
流暢而順服

微濕的天空
不再描繪雲的哀愁
任粉紅色細雨
盡情滑落

---

[*] 粉紅十月，是國際乳癌防治月。2010年10月30日在國父紀
念館的「點亮粉紅絲帶」活動，邀請了1552乳癌病友，
以1552朵粉紅玫瑰在廣場上編成一朵粉紅絲帶，為紀念
2007年國內因乳癌過世的1552位姐妹。

眺望閃亮的遠方
她們未曾仔細想過
蒼穹與地平線的邂逅
竟如渾然天生

擦身卻不容許再次錯過
她們加入玫瑰隊伍
勇敢繫上一個個柔軟的結
交會路上彼此問候

1552個掙飛出繭的彩蛹
載著夢繼續飛翔
她們沿著航道不忘垂釣
另一座坍塌的山頭

如果你不曾來過

春蠶吐絲
早已穿透季節的傳說
由秋到春由春到秋

她們不再苦苦追問
熟成的半邊身世
流落何方

2014.9.1

聯合副刊，2014.10.2

海星詩刊14期，2014.12

依舊春天

岸邊的薩克斯風
努力而沙啞
那人走近湖畔
聽　藍色的街燈
明滅在煙管枯瘦的背脊上

繽紛的攤販
如酒店的水晶吊飾懸掛
那人瞇著眼
看　昏黃的倒影
忽近忽遠地冉亮生長

隱約的踱踱聲
偷藏在旅社翻修前的對岸
那人撢一撢身上的風

回頭望　星空未曾蒼老
而自己美麗的衍化
依舊　春天

後記：

多年沒詩，回首依舊。春天是翠綠的，春天是昏黃的。

2014.2.13

中華副刊，2014.2.25，原詩題〈春天〉

華文現代詩創刊號，2014.5

尋找乳白色的夢

才說起
春天裡的微寒哆嗦在窗櫺上
何時鳳凰花已火速煮沸了藍天
蟬鳴嘶嘶搜索每一個夏日的角落
午寐難安的妳光著腳丫踩醒了刺腳的陽光
樹影灑落的記憶便細細碎碎晶亮了一地

妳站在灶前挽起秀髮的背影
卻倉惶如風潛入衣櫥
為躲藏荳蔻初長的悸動
那屬於羞澀年代的氣味
妳總是暗自欣喜與母親酷似的眉眼
那微翹的唇

還有胸懷中複製的祕密
埋藏的拍岸呼吸

只是來不及挽留
時間已洶湧掩沒
當妳的每一絲笑容依舊縮繫在流雲間
每一縷髮絲方才熟悉起田裡的稻香

緊緊擁攬著羅衫下的傳說
乳白色的夢在呼嘯的狂風裡帶來豪雨
豐沛尤甚今生的淚水
妳便不再枯坐悶熱的午後
折疊起青蔥歲月的故事
以蕾紗包裹壓在箱底

起身推開衣櫥推開窗外
已然楓紅的季節
何以風華猶在
日月卻已悄悄掃落衣襟
孤冷蟄居夢裡

那年的秋無聲無息也不作停留
讓身體去訴說
靜靜的血流滋養出的粉紅花蕾
轉眼間已熟透了一生一世
豐碩的果實穿越時空因而墜落
只剩「勿忘我」*再次殷殷探索

---

* 「勿忘我」是一種香水的名稱。

空谷回音的香甜軌道
那駛向胭脂初透的一彎腥紅

創世紀詩刊129期，2001年冬
台灣時報副刊，2003.2.14
詩藝飛揚，2003（中國詩歌藝術學會編）

勳章

她們努力穿針
　在溝渠裡　在烈陽下
她們縫補最後一面晚霞
映照鏡子裡的歲月

她們輕踏尋訪
　在城市　在鄉間
她們仔細分辨雨聲
聽誰新　誰舊

她們認真排演
　在台前　在幕後
她們牽著舞台簾幕一角
不讓它垂落

她們仔細撿拾
在花床　在陽台
她們將一片片凋零鑲回枝枒
作為埋葬花瓣的儀式

在診間
無法抗拒閹割
她們回到枕邊
依舊探索著愛情
把霜雪當眼淚
她們卸下層層衣裳
擦亮啼痕深處塵煙舊事

問　烙印是否安在
那女人花僅有的瑰麗勳章

聯合副刊，2006.5.29
世界日報，2006.6.25
創世紀詩刊147期，2006年夏
新詩學會詩報

開刀房紀事

之一

這裡沒有歲月的蒼老
卻有白熾的炎夏
只是　陽光十分冰冷
滲出骨骼的磷火燃燒成綠色森林
蒙面的幽靈由四面八方降落
閃亮的芬多精匆匆在乙醚間走失

之二

海浪般的哨音催我上岸
存在　終結於虛擬中
失序的筋骨跌散在沙灘上
待夢境來撿拾破碎的前世聲納

之三

猶如囚犯般被掀開衣服
他們拍照
在我肉體上畫符
埋下如河渠般的導管
引流污濁血水中的罪證

之四

有人擦拭我的嘔吐物　還有
眼角一行微熱的溫度
有人揮著氧氣罩試探
他們是否察覺
我的名字比身體還要清瘦

之五

癱瘓在一個孤寂的島上
荒涼的背脊
與地平線貼得是否緊密
漸遠的船影載走黑夜的記憶
偏離航道的星光
在刀刃上穿越來世今生

之六

我如外星人般　開始
　被　眈視
　　被　登陸
　　　被　切割
　　　　被　重組
　　　　　復　植入

那透明的午後三點至晚間八點
除去潛伏著生命的重新報時
我廉價的血肉裡
被植入的晶片還註記了什麼了？

2004.2.22

中央副刊，2004.5.21

創世紀詩刊五十周年精選《他們怎麼玩詩》，2004

蝶戀
──病榻隨想之一

泛潮了
圍城裡不分晝夜的　白
是雨後彩虹的聚集

淚水更適於枕間側身相擁
與稀薄的月光
便能潛入更多的蝴蝶歲月
夢中搜尋
翩翩飛舞的連體記憶

夢域外
無須追問遭遺棄煙囪底層的
可是那朵孤獨的蝶羽？

熊熊燃起的火苗

因單翅飛行更加輕盈

回航途中不再遲疑

努力汲取滴漏瓶中的

玫瑰汁液[1]

病榻旁的粉盒[2]猶在

半開

為憔悴容顏添加幾許豔麗

相守

為不忍雙飛的諾言蒼白老去

2021.12改寫

自原詩〈冷蝴蝶〉、乾坤詩刊40期，2006年冬

---

[1] 此處意指化療藥物「小紅莓」。

[2] 粉盒，此處意指置放女子心愛飾物的小盒子。

死亡時辰
──病榻隨想之二

或許有一天
所有的情節將被支開
只有陽光雨水雷電
繼續滋養

乾泣的青春
不曾有過蕭瑟跡象
他們完好如初
不過以歲月皮層掩護

錯亂的心悸
畸形的腦波
莫名的怔忡
只因情不自禁

那楚楚的哀傷
夾帶愚昧的頑強
閃爍著外星人謎樣的眼神
卻從不質疑手術刀的權柄

死亡證明或可書寫：
一場誤闖地球的美麗誤會
死亡時辰的提示：
與陽光雨水雷電同遊時刻

創世紀詩刊185期，2015年冬
2021.11修改

紅蜻蜓

涵映彩虹的色澤
悄悄鑽進後院角落
倉惶閃避竹帚的當兒
以千眼探照夢幻的營地

蟄伏多年以後
窗外雨濕的草叢
我確信看見一抹復仇的身影
披著未曾褪色的彩虹

沉寂中鼓動脈翅
震落無數個夏秋
於滿載霞光的池塘裡產卵
孵化更幽暗的紅色鄉愁

台灣時報副刊，2003.5.26

雲間

不僅是一種告別的手勢
當揮揚的動作
失蹤於玻璃的深度裡

妳拾起紙團
自城市帶來的地圖
風雨一路洗刷
升高的是鄉間海天的
能見度

（如妳預測）

妳調適著彩虹的溼度
以便穿越時光
飛躍山脈

如果你不曾來過

水繪的海岸逐漸融化
手工剪裁的線條
卻開始清晰勾勒起
黑色大衣襯底的軟柔

東北季風剛呼嘯過的是
妳胸膛偏左的位置
而那夜
星月潑灑的黯淡微光
使妳更加懂得脈膊的跳動

只是雲還未真正翻過山頭
雨已先來

（如妳預測）

2004.12.28晨，擬稿於台東康橋飯店，

2005.3.3完稿。

自由副刊，2005.5.6

乾坤詩刊34期，2005年夏

回首

鏡頭靠近再靠近
徐徐伸向夾竹桃園
如常綻放的花朵

陽光下
園丁揮汗依舊
昨日已成遙遠夢土

池畔流星殞落於細密掌紋間
異鄉銀河飄來返航的漁歌
是誰在想念　你說

返鄉情怯竟化為離愁
當海鷗失足
墜入愛琴海漩渦

清淚　以墨鏡遮面
失神　以焦距凝止
回首　以相機掩飾

再回首
回首望那片逝去的昨日夢土
從來不知回首
而回首

後記：

八月的希臘與土耳其，夾竹桃時而可見，盛開的情
景遍布於城市街道兩旁或鄉間。一時間，很奇妙的
彷彿越過時空，竟觸動著我生長於南台灣的兒時歲
月情懷。此詩寫於參加「第二十屆世界詩人大會」
後，於土、希旅遊回航途中。

中央副刊，2000.10

背影小獸

不許吵鬧
讓車速與行道樹
相互問候

當
冬日夏日
被酷寒、熱火餵養長大
城市鋼骨間依稀聽得見
移動自鄉間的爆竹

竊喜歲月終能收藏
現代的填充物
那舊時環保的回收

無數個菱形小箋

那被摺疊的初開情竇
於貞潔的春日秋日
便不再漂流

現在
儘管安心的在都會裡
加速、減速

一路搖擺的小小女子
妳可知
城市巨獸的心腸
也有柔軟的時候

野薑花詩刊，原詩題〈小獸〉，2015年
中華副刊，2015.11.19

石棺裡外的春天

傲骨果然生生世世

以齜牙咧嘴的笑

盤據亙古

獨寢於專屬天地

斷垣殘壁不曾令你失眠

遊客足跡不曾擾你清夢

堅強呼吸依然穿得透

斑剝的歲月

向萬年天空呼告

據說曾經尊貴

今夕何夕與你何關

曾經不曾經干卿底事

重要的是

你仍持續擁有一方歷史

獨霸棺廓裡外的春天

選自中外現代詩名家集萃《龔華短詩選》，

銀河出版社，2002.6

特洛伊城的午後

悲歡瑟縮成一場瘟疫
功過煙硝成一個痛
數千寒暑在痛中在瘟疫中
散落成滄海帆影
而目窮之處盡是桑田遍野

夏日雷雨有鏗鏘回響
當殿神驅走了萬馬奔騰
遊客的凌亂足跡追趕不上靈魂的斑剝
當盔甲鎖不住戰士的軀殼

而歷史猶在祭壇上捍衛長夢

畫開長夢的午後

海倫[1]驟然化身為一隻松鼠醒來

於被標示為古蹟的地下特洛伊城裡

以惺忪姿態訴說無辜

以無邪媚眼預測下一個災禍

而女神海倫娜[2]可曾預言：

有一天木馬的再造

只為見證千秋之後

愛情的烈焰依然

---

[1] 海倫，即希臘神話中，引發了特洛伊戰爭的「世上最美
的女人」，Helen of Troy。

[2] 海倫娜，希臘神話中的智慧女神。

可熊熊灼燒起
地中海的八月天

中央副刊，2002.6.6

乾坤詩刊23期，2002年秋

英譯〈Afternoon in Detroy〉入選第22屆世界詩人

大會詩選，2002.10

時空旅人

時空旅人

如岸邊潮汐
時退時湧
唯步履飄忽
妳便可輕踏歲月
任意站上浪花的肩頭

又何須計較時序紊亂
當錯置也是一種浪漫
生命中再一次翻攪的
流轉與湧動
那些詩光歲頁呀！
便在回憶中蔓延開來

便更能想起
那日空氣中的香甜

因燥熱中靜靜的聽說
因鬱悶中淡淡的對話

在那咖啡與文字蒸騰的午後
有情思繫著情絲的文學結緣[1]
有玫瑰如是說花戀的癲狂[2]
有陌生人的愛過傳說[3]
有穿越時空我們看風景去的夢囈[4]

而樑上詩魂早已築巢
空留童年呼喊的迴盪

---

[1] 《情思・情絲》，龔華小品文集。
[2] 《玫瑰如是說》，龔華中英詩畫小品集。
[3] 《愛過》，龔華散文小說文集。
[4] 《我們看風景去》，龔華詩選集。

逆泳而上啊
隨著那個再也回不去的
炎熱夏日！

後記：
2016.6.25於齊東詩舍，「詩的復興」活動：「詩人
女史──流轉與湧動，那些詩光歲頁」分享會後之
漫談隨想。

中華副刊，2016.7.29
創世紀詩刊188期，2016年夏

飛魚

穿透天際的地平線
模糊了搖櫓的壯碩身軀
浪花默默掀起地殼的淚腺
搭築起海市蜃樓
遠去了
他們追逐著南風

望海的日子
對抗著遺棄航道的詛咒
族人的豐年祭上
糧食安靜守候著糧食
不忍柴火再消瘦
海面上祖靈呼喚如煙燭

勇士們柔軟的箭
飛躍成春天復出的美麗彩虹
在女人的眼淚裡　聽
島嶼新開的蝴蝶蘭
訴說
飛魚與達悟族之間的承諾

2006.3.17

自由副刊，2006.4.24

詩報復刊3

乾坤詩刊39期，2006年秋

乾坤詩刊15周年詩選《烙印的年痕》

祈願

眺望
便是千年萬年

難以嫵媚凝視啊
飄離的冷豔的眸子
那枚後現代靈魂
如何比鄰慈悲的如影隨形

佛也難說
將人間的寄情
與時空的尊寵
獨留
一方沉默巨大的聲響

依然祈願
身後的留白天地
何時成偈？

後記：
觀賞畫家徐瑞的貓畫作〈祈願〉，有感而誌之。

中華副刊，2017.5.1
創世紀詩刊191期，2017年夏

離心
——赴東歐斯洛伐克航行途中

很久以前
妳便懂得操縱離心機
素顏的靈魂
卻遲遲無法抽離

空曠的校園裡
實驗室白袍
早已風乾
臞瘦的鐘聲依然盤旋

很久以後
糾結的思緒
瀰漫著混濁的歲月
呼吸仍在猶豫

妳再度潛入
超高速的離心器
或歡欣於純化的潔淨
或絕望於分離的悲悽

當懸浮的詩句響起
機艙裡
妳默默行進一樁
遠離地球的儀式

後記：
2009.10.16，為亞洲唯一代表，遠赴斯洛伐克首都
布拉提斯拉瓦，參加「揚‧斯默瑞克詩節」（Jan
Smrek Poetry Festival，2009.10.18-22）

2009.12.10，整理完稿於個人工作室「繭作」

聯合副刊，2010.02.21

飛行夜
——赴東歐斯洛伐克航行途中

遠離白日黑夜的情緒
窒息的機艙裡
只有女人和女人

航道必然是隱密的
當銀河無夢
將自己消融成一片青藍

遺忘的
豈止地球上的愛情故事
順便刪除的還有
蜷縮在繭裡的黑影

便能貼近輕巧的飛行
專心聆聽細密的聲音

幾億光年的旅程裡
搜尋起從不迷航的祕密

為守住深邃的信仰
你來　更為伴妳織補
總也無法癒合的
宇宙裂隙

機窗上浮現了急凍的氣息
終於能夠

閃、爍、呼、吸

2009.10.16，為亞洲唯一代表，赴斯洛伐克首都布
　　拉提斯拉瓦，參加「揚・斯默瑞克詩節」
（Jan Smrek Poetry Festival，2009.10.18-22）。
2009.12.10，整理完稿於個人工作室「繭作」。

自由副刊，2010.3.1

乾坤詩刊53期，2010年春

公車票

是你選擇了城市藏匿懵懂的年少
還是為預留青春的底限如短髮齊耳而來？
飄自鄉間的雲朵畏顫顫與北風對望
流落都會窗口的驚悸努力尋找築夢的翅膀
一串數字便頑強地開在老樹張狂的枝葉上
儘管藍色街燈的歌聲越走越遠
你依舊難以決定十五歲的故事應該被遺忘或供瞻仰
乃循著搭乘公車升學的逃亡路線查驗站站鄉愁
只是　歲月絲毫沒有污損的跡象
預期作廢的是證照裡永遠迷走的青澀年代

後記：

畏顫顫的十五歲天空，有飄自鄉間的城市雲朵，短髮齊耳的「太陽神的女兒」，迷走在都會的窗口間。那年代彷彿一場虛擬，唯有那張公車票成了活

如果不來

生生的註記:「台北市公共汽車管理處／學生定期
車票／發售日期 53.9.7／機關學校名稱 景美女中／
購票號碼981／票價24元整／票號A083273／有效
期間54年8月31日止(逾期作廢)」

乾坤詩刊29期,2004年春季號

中央副刊,2004.1.9

長青藤詩刊,2007.6

校園巡禮

之一

濃濃暈開的
總在六月
屬於季節的饗宴

鳳凰花在鼓譟
當每一雙染紅的眼神失焦
你是夏天裡唯一安靜的氣味

汗濕又悄悄風乾的髮
如青春首卷的愁緒
晾開在丘壑間

那時
陽光帶著輕狂的笑
夢繾伏在謬思起伏的胸膛上

之二

掀起雲
便掀起雲背後那個年少的你
你早已懂得以記憶織補藍天的傷口

貴子橋*畔的樹影裡
驪歌傾聽著星光偏離
滯留的足音卻那般熟悉如日昇月落

肇事的青春已深深埋葬
接力的蟬嘶在草坪上蔓延滋長

而歲月的丈量方式不曾衰老

泰山*的倒影重回消瘦的嘴角
細讀每一片樹葉垂掛的詩句
淺嚐一串吻痕的青澀滋味

終究要習慣的
難以下嚥的半甲子呼吸
或可沿途拋灑

或可
繼續躲藏

---

* 貴子橋和泰山均位於新莊，毗鄰輔大校園。唯此處所指
的貴子橋，為1970年代輔大校園後門外通往泰山一條小
路上的一座小橋。

在一襲學士服的黑色隱喻裡

如果
你的校園故事
未曾在七零年代匆匆賦別

中央副刊，2004.7.20

乾坤詩刊31期，2004年秋

蝴蝶標本

翅膀已裱裝
何來再世的翁動
時間的軸
早已綣縮成防腐的蛹

卻聽說
向來豔麗的展演中
有張燈結綵的繭
儘管遺留的牆面已斑駁

萬朵鱗片甦醒在陽光中
妳便嗅著花蜜的來時路
將嘆息留在翅紋間
飛回千里外的雨林裡

那場亂了陣腳的狂風已止息
族人們的淚水已冰冷
如何再一次嗅聞妳
肌膚上最後一場溫暖的夢？

妳依然睜著迷人的眼睛
聽信了傳說……
蝴蝶每眨一次情深的眼
便足以完成一次願望的飛行

如同安息中
星光航道已築成
妳便不再追究十字架上的痛
那斑斕的慾望與詭譎

2014.11.10
野薑花詩集第11期，2014.12
中華副刊，2014.11.24

秋日雲天
——參加2015濁水溪詩歌節、明道大學雲天平台啟用典禮有感

燃燒的秋日裡

誰在為愛朗讀

蠡澤湖畔

朵朵夢花何時點亮

長明燈火

蒼鷹[1]倦了

棲息在明道雲天

而夕陽從不墜落[2]

因想念人文大樹下

布穀鳥的歌聲[3]

中華副刊，2015.11.13

---

[1]　〈蒼鷹〉，為「人文大樹」下燈箱上的薛林詩作。
[2]　詩人薛林兒童文學評論集《不墜的夕陽》書名之引用。
[3]　〈布穀〉，為「人文大樹」下燈箱上的龔華詩作。

建蓮采風偶拾三帖

殘荷

回眸
雲影中的嬌媚
依稀殘留

褪色的粉盦
淡淡勾勒一筆
羞怯的別離

那最後也是曾經
留給青衫……
遲來的初心

蓮子

渴望
不再孤寂

而
是誰低聲輕噓
不許喧鬧
因紅塵已近
…………

綻開

何時
與層山相擁的睡夢
已將甦醒

潔白幻影中
小橋、涼亭
逐漸清晰

從未聽聞的
人聲熱絡
如轉世間的
一陣陣驚喜

後記：
參加第十屆海峽詩會，會議地點在福建建寧縣。建
寧為知名的花果之鄉，修竹荷苑的荷花田頗為秀
麗、壯觀，為此行文化采風的重點之一。

如果_你不_曾來_過

2015.8.19

中華副刊，2016.4.2

乾坤詩刊77期，2016春季號

晨間捷運

當陽光初影如扇葉轉動
香甜的元氣淋上每片心頭

美乃滋或黑咖啡
切割昨夜的歡喜或哀愁

站名的溫熱或冷颼
背離都更的願景或剝奪

抑鬱或確幸
一起滾入同溫的晨曦中

滑過防風林般的間隙
藍白衣裳同一方向踮起腳尖　　聽

蠕動的節奏裡

那優美的晨間刷卡鐘

2014.3.19初稿，2014.8.16晨完稿

人間福報副刊，2014.9.24

現代華文2期，2014.8

星光

當夕陽翻落
黑夜驟起
紫雲襲捲了你璀璨的笑靨

此時
你彷彿在鹹濕的氣味中
遇見歲月的音容
和著自己的淚
將白日化盡
滴滴懸掛於高寒天際

聚為光點
為催促
宵待草的綻放

如^果你不_曾^來過

為指引

斷腸人的歸路

2000年8月，發表於第二十屆世界詩人大會

（於希臘thessaloniiki舉辦）

擱淺

海水收容著風和淚
當礫石潔白地搓揉著陽光

生活無皺褶地埋在地平線下
當時間輕快地拍打著海浪

滿載著行囊再也不計較重量
當貝殼星砂濡染著藍色星光

我的心便從此擱淺於沙灘
當你倏然出現在島上

乾坤詩刊21期，2002年春季號
中央副刊，2002年

聆聽

是你的心跳嗎？
那敲打著海岸的細碎聲響
沙灘上的影子也隨著枝椏顫抖起來
據說　船首的破浪女神「天人馬利亞」
總在冬天落淚
我便期待枯乾了整季的冬梅
在岸邊開花的聲音

是你的心跳嗎？
那掠過鼓膜的天籟寂靜如耳鳴
清澈如蟲唧也隨著波濤洶湧起來
據說　大洋洲的刺鳥為淒美的絕唱
將身體扎進最長的荊棘上

我便在傷口的劇痛中
聆聽到一個靈魂的安息

台灣日報副刊，2002.4.25
紐約社區報無根草詩集，2005.12.22

如果你不曾來過

午後熱浪

輯四

午後熱浪
——記某夏日午後詩人們聚首於羅斯福路 古典玫瑰園

之一

頻頻反光在玻璃窗上的影像

不曾許諾歲月的色澤

青春就在咖啡館門口推進推出

窗外陽光在下午複製滄桑

被烈日粉碎的雪花

驀然紛飛在記憶的傷口

之二

瓶中微弱的馨香騷動在姓名詩題間

符號語碼沉澱成沒有段落的雪白午夢

夢牆密不通風

每一面牆都貼上一幀詩人的眼神

細細閱讀夢域皺褶
而悶熱一波波來自古老夏日

之三

暗藏著後現代囈語的網路記事
何時已佔領城市地圖
英式庭園空間注滿千年陽光
經典不經典仍在小巷內眾說紛云
而詩人已悄悄來自浪漫午後
在神話中朦朧欲出

之四

恍惚間妳猶踩著椰樹的長影
杜鵑花已一路綻放到中年肩頭
當汗珠沁涼了塌陷的胸口

夏日午後更似一股年少的曾經
笑瞇著眼越過柔軟的腦丘
轉眼化身為校園門口等待鐘聲的風

之五

一頁頁詩篇翻騰如午後熱浪
妳的容貌赫然泅泳其中
研磨機嘎嘎聲輾碎馨香的角落
咖啡因滲入殷紅海洋
漫過仲夏岸邊癌細胞的分裂速度
據說午夢中盛開的玫瑰
將在子夜遭紅塵捨棄
而今夜
誰來守候窗下沾滿星光的古典詩魂

後記：

那日，後現代的時空裡聚集著來自各世代的詩人。
咖啡館的名字很好，只是有點憂傷——「古典玫瑰
園」，尤其，大好的陽光正與羅斯福路校園外的中
年肩頭邂逅。那夜，我難以成眠，只因聽說，妝點
咖啡館內的玫瑰花僅放一天即被置換。

2003.7.20

中央副刊，2003.8.8

乾坤詩刊27期，2003年秋

紗幔後

紗幔後
一幕幕影像重疊

紛亂之中
不明季節的溪畔
看見一幅單薄的影子

野狗吠了
是否聞見那隱形人的動作

草叢裡
未發聲即被擊落的碎句
如何拍打斂翅的鳥
在黃昏的榆樹上

台灣時報副刊，2004.11.8
乾坤詩刊32期，2004年冬

坡路上

倦於起身
如何叩醒後山的門

門後
推不動
秋日呼吸的固鎖

芒花夾道的林間坡路上
帶淚的字眼漸漸輕了
因
風的鬆動

原刊登詩題〈倦〉
台灣時報副刊，2004.11.8
乾坤詩刊32期，2004年冬

解構孤獨

舞動

勾勒起天際潑墨

猶似　山水

暈開在每一節灰色的振翅裡

欠身

做一個聆聽的姿勢

窗前倒影裡

微熱的身軀融化成透明羽翼

再飛翔啊　為

吞下藍天的線條

在胸膛上重組

更加孤獨的
孤獨

乾坤詩刊22期，2002年夏。

逆光

塵暴
探聽前方的命運
枯瘦的世界裡
撿拾微薄的陽光顆粒

是誰這般仁慈
逆光剪影沒有面容的你
聚焦你於無名無姓

無言無語
鼓脹的胸臆
如浮盪的小丘
想念著被掩埋的昨日星霜

如^果你不^曾過^來

而拒絕迷惘的
你的疲倦你的鬱結
你的文字的孤寂
是否等待著我
再為你劃上幾筆蒼茫

2006.03.21

文學人革新版第3期，2008.11

（原詩題為〈蒼茫〉，搭配影像照片，

刊登於國語日報，2006年）

夏日

之一　纏綿

依偎
青杉的頸項
是嬌羞千年的
一瞥
晶瑩剔透的晨光裡
風
也纏綿

後記：
為攝影家葉朝魁（2021年逝）2007年年曆作品之荷
塘影像題詩。

之二　苦楝花

焚風蠢動
在濕黏的肌膚上

盤根與迷失相遇
在盛開的苦楝樹下

從不掩面哭泣的你
只在預約死亡的角落
妝點淡淡的紫色淚滴
在燥熱的記憶中
悄悄烘焙孤冷的詩句

宛若
故事都在夏日發生

台灣時報副刊，2004.11.8
乾坤詩刊32期，2004年冬

破繭

泅向薄薄的
染著彩色的光
那影子
自遠方投射進來的
彷彿與蛹身重疊著

終於成形了
卻又什麼也不是
或就只是一層鼓漲的膜
正努力聆聽著
雨後屢屢消失的彩虹橋

也總會回憶起
春蠶吸吐的動作裡
那張沒有表情的臉

彷彿說
天堂地獄全是潔白的
你都去過了

天使在迷路中也來過了
那日起
角落裡開起各季的花朵來
殘詩繼續生長著

在豔麗的毒汁中
驚飛的羽毛沉靜了
畏澀地等待一則預言：
對岸黃昏裡
一隻彩蝶正飛越夢的國度

後記：
觀想詩人向明題贈〈人在繭居不知春〉（2007.5.11）
有感。

寫於工作室「繭作」（繭居）

中華副刊，2007.6.19

文學人2期（總15期），2008.8

乾坤詩刊44期，2007年冬

瀑布冥想

之一　觀瀑布

山嵐掩面
奔竄的淚流
泉湧自風之魂靈

靈裡靈外
我掏空的眼窟
早已盛裝乾渴

總也無法看見
卻渴望再看一眼
那不再轉身回首的酡顏

之二　瀑布禪

卻是秀髮一泓
絲絲出岫於疊翠間
春天裡，陽光已千年
只為
輝映傾瀉的孤獨

卻是秀髮一泓
縷縷顫抖於層峰中
清明裡，靈山已亙古
只待
青灰容顏轉為嫣紅

為何
依舊是銀光粼粼
豈止不忍仙遊

何時
風魂裡染白秀髮的妳
竟自雲端降下
背影禪坐

後記：

遷居山裡，窗口的景物，依稀有背影經過；遠離天
母磺溪，白色巨塔的長廊，依稀傳來安靜的巨響，
彷彿依舊聽得見病菌的淚流、死亡的催逼。當春天
來臨，青灰、嫣紅，無關是否陪伴過的青春容顏，
清明的窗口，我們一起禪坐。

如^果你不^來曾過

中央副刊，2001.5.12

2003東京地球詩祭研討會詩選

紐約社區報無根草詩集，2005.12.24、2006.2.25

邊緣世紀的遐想

就這樣坐在窗口倒數讀秒
星子在每一次行經時留下眼神
黑夜隨之更加深邃
而背脊涼颼颼的我無需看清天空是否飄雪
只管靜默在穹蒼裡試著點亮火柴

甦醒是需要勇氣的
因為愛總是藏著劇痛
還不如趁漲潮的夜駛離港口
把急驟而下的冰雹海葬於大海的色澤
將夢幻島歸還給夢的妝彩

窗口搖起世紀邊緣的聲響
夢見嘈雜的電視機年代
收音機播放舊時的甜蜜午寐

再次開啟褪色木箱裡的舊夢
只為兒時綠漱口杯綠毛衣那清一色的最愛

竹籬外的瑟縮身影比北風拉得還長
那愛過恨過的枯槁形體可曾有甦醒的勇氣？
只能捲起金嗓子歌曲的被服在寒冬中取暖
而今夜的溫柔月光
正一刀刀鐫刻著邊緣世紀的遐想

寫於20世紀末
台灣時報副刊，2003.3.7

驪歌

不說別離
陽光屋脊上
人生大典尚未謝幕

鞠躬的彩虹
應來自盛唐的六月吧
看！那美麗的腰身

依然耐心的敲鐘
為步步心傳
撥開煙雨霧幔

草山學子路上
為趕赴一場場百花盛宴
也為華岡夢裡

栽種滿園橘樹
等待潔白花香無分季候
夫子門前悄悄路過

後記：
此詩為2018年文大中文研究所畢業生感恩謝師卡所
題作，忝為畢業感言。

2018.4.26

人間福報副刊 2018.7.4

乾坤詩刊 87期，2018秋季號

耳語

來自身體裡的哭泣
是脂肪在雪地裡燃燒的聲音

相傳，甕底的耳語
長久以來被酒醃漬

我想酌飲甕裡的酒
用它的陳年歲月取暖
看看是否能夠阻止
脂肪在雪地裡燃燒

有人告訴我
身體裡的哭泣聲依舊會掩蓋
那沉在甕底、發酵已久的
淒厲嗚咽

中央副刊，1997.7.30

瑪瑙片風鈴

猜你從哪裡來
海洋的氣息裡帶點泥腥味
鈴鐺片上翠綠的漣漪
就當是蓮鄉巧遇的驚喜
而那如灰燼般焦黃的倦容
是否歷經浩劫的見證？
火焰般的礦心
放射燃燒後的灰燼
你試圖訴說怎樣的消息
在璀璨又暗沉的紋理中？
琢磨著孤獨慢慢老去
在我缺席的日子裡？
夢幻的風聲
在七片瑪瑙間起落
七根絲絃懸吊起的　可是

你自千古抽離的精靈？
瞬間流觴的輕薄細語間
我彷彿聽見一聲
轉世的莊嚴

後記：

2004年，為慶祝創世紀詩社50周年慶，創世紀同仁
們應詩人愚溪邀請，到花蓮和南寺錄製專輯，順便
一遊。於鯉魚潭邊購得瑪瑙風鈴一串。

自由副刊，2004.10.6

無題

陽光訴說著屋瓦藍天

風聲訴說著靈魂吵嚷

玻璃暖房訴說著象牙塔頂

紫色酢草訴說著鍛造露台的俗氣

清晨訴說著咖啡的憂鬱

頹廢訴說著慵懶的小確幸

條碼訴說著基因的渴望

碎紙機訴說著解密的難題

垃圾匣訴說著回收時光的酸敗

鍵盤訴說著寫詩的磨難

黑夜訴說著日日浮游

窗櫺的妳

2016.3

玫瑰如是說

那座漂流自年少的夢幻島嶼
早已沒頂在四周憂傷的海洋
此刻我蟄居在丘壑間的老屋
散落了二十年的星霜
囚禁著滿室古老的陽光
窗邊便悄悄開出舊時的花朵
四季蔓綠絨總隨風鈴聲飄動

微風畏顫顫彈撥褪色光影
昨日痼疾不時在漸遠的蟬嘶中隱隱發作
闊徑上的芭蕉探首說故事的天空
我渴望著葉影攀爬入秋的窗戶
為殘留的青春遮蔭
將古樸的歲月迴帶
而響亮記憶正越過鐵銹的欄柵

潛入沒有名字的小屋
邂逅詩畫裡的魂魄

小提琴音掀開落地紗幔的當兒
誰來執起素描的畫筆
生命空白處填補情節的遺漏
典藏一幅永遠缺席的身影
恣放來生癲狂的閒夢

玫瑰如是說……

中央副刊，2003年

乾坤詩刊28期，2003年冬

賞月人語

輯五

賞月人語
——悼詩人梅新

我要將我的
　骨灰
撒在月球上

　明天
你們將會說
今夜的月亮分外明

　那是
我的骨灰
　在發亮

我要將我的
　骨灰
　撒在

地球上
以月光
　　　　──梅新〈賞月人〉

今夜的月亮
分外明
因為
您已將您的
骨灰
撒在我們的
眼球上

中華副刊，1998.10.2

如果_你不_曾來過

親人
——向高雄氣爆事件受難者家屬們致哀

輕輕的我
把自己縮小再縮小了
迷你再迷你般的溫柔
自港邊油潤的淚管潛入
如螻蟻
一吋吋縫補著
你的呼吸
我的血肉

後記：
高雄氣爆事故，發生於2014年7月31日凌晨。
2014年8月，為詩界與文化部齊東詩舍、副刊、網
路媒體共同發起之「詩的安魂曲——為受難的同胞
祝禱」而作。

乾坤詩刊72期，2014年冬
台灣時報副刊，2014.8.11

不痛了
──願高雄氣爆事件受難者安息

可曾來得及告白
那愛過的最後一個港灣？
離開斜影倚傍的燈火
由對岸
你捎來進港出港的自由
沒有颱風沒有海嘯沒有煙硝
不痛了……
都不痛了

後記：
2014年8月，為詩界與文化部齊東詩舍、副刊、網
路媒體共同發起之「詩的安魂曲──為受難的同胞
祝禱」而作。

2014.8.6

乾坤詩刊72期，2014年冬

台灣時報副刊，2014.8.11

留言

「我們做過的事，都會留在人心裡，會被回
憶而珍惜。」

——文大戲劇系陳羿陵

然而
所有心靈簿上的纖柔
已被撕裂的白雲所覆蓋
我們不得不忍痛
去忘記

因
那擠壓那變形
那撞擊那堆疊

那受酷刑拋離的坡
再美麗我們也無法記住了

而
那遭快閃遮蓋的天外的藍
絕非藝術所延展

然而
那詭譎的超現實
「迷局」*的迷局外
染著血樣的才華與青春
如永恆

---

* 《迷局》，陳羿陵同學於畢業公演上執行製作的一齣戲。

都會留在人心裡
會被回憶而珍惜[*]

後記：
陳羿陵同學為文大戲劇系學生，暑修期間於2017年7
月19日，不幸遇上陽明山仰德大道大車禍而罹難。

　　　　　　　　　　　　　聯合副刊，2017.8.2

---

[*] 陳羿陵同學於表演冊上的留言。摘錄自《文化大學‧華夏報導》2017.7.20：「雖然逝者已矣！但就像陳羿陵三年前擔任『迷局』一劇執行製作於表演冊上的留言：『我們做過的事，都會留在人心裡，會被回憶而珍惜。』」

問
——致殉情高中女孩

是什麼使妳如此心急
還來不及學語
在春雷輕覆的襁褓裡
已用
初含乳汁的兩片唇
吐放成
季末最後一朵玫瑰

不問
——某位港星輕生有感

清晨
憂鬱總是那樣從容　在
蒸騰了一夜的黑之後　緩緩降落
壓在胸口的痛
凍結在氣象預報中

無論晴或雨
下床的姿勢
無法暗示昨日與今天的比重
而　明夜的夢
是否會更懂得孔雀的哀愁

聽說腦啡是唯一的救贖
但實在有些倦了
不想理會窗玻璃的藍或灰

便到後山撿拾一些殘留的霧
聽春天帶走紅塵裡的鬧

午後
貼近溫熱的鏡前　　縮起
散落肩上的慵懶
莊嚴地為不能回憶的往事梳妝

轉動鑰匙的動作
再也無關摒棄或追求
鑽進車速中為尋找逃離的路

但願
餵養來世　　以
車輪輾碎的百憂解

如果_你不_曾來_過

不問
木棉花的豔紅為何消逝在風中

中央副刊，2003.6.16

帷幕青春
──追念「捷運殺人事件」中、一位遇害的年輕生命

何時陽光斜影如利刃翩翩
每粒心悸被迫染上都會的顫抖

集體的防衛或失守
粉碎於一霎那虛妄間

罪惡的省思與更生
來不及跟蹤城市的毀滅進行曲

午後捷運的圓夢車廂裡
依然延燒著遙遠的青春路

尚待開啟的彩虹帷幕上
手中緊握著初試人生的答案卷

你唯恐延誤了晚餐上
向親人播報喜訊的約定

後記：

捷運為城市人的交通帶來極大的便利，一直想寫一
首現代上班族的晨間美好。未料〈晨間捷運〉詩作
才擬稿未久，卻發生了「鄭捷殺人事件」。心情的
落差陷入強烈的對比，有感而發，乃循〈晨間捷
運〉詩行之對應模式，寫下這首〈帷幕青春〉。

人間福報副刊，2014.11.4
乾坤詩刊73期，2015年春

碧潭之秋
——遙祭女詩人晶晶*

雲只微微飄動了幾下
宇宙便再次減重
岸上薩克斯風的演奏
因而更加輕柔

當靈魂樂章
聯手春夏秋冬
緩緩離岸遠去
何以
淚濕的落葉
還顧盼著不忍漂流

---

* 晶晶，本名劉自亮，河南人，1932年生，2016年10月2日
辭世。

吊橋下
歲月依舊懸掛
載沉載浮的藍天
重疊著晶亮的倒影
來去匆匆

聯合副刊，2017.12.28
葡萄園詩刊213期，2017.2.15

在記憶的山頭看你飛翔
——紀念詩人大荒

清晨入山，鳥啼蟲吟泉響風嘯

盈耳，而

不見鳥

不見蟲

不見泉

不見風

誰在彈撥樹篁篌吧

待我推開輕霧瞧瞧

一推，只見滿林掛著帶露的唱片

一閃一閃的

在朝陽唱針下

飛旋

——大荒〈森林中的唱片〉

如果你不曾來過

午後蕭瑟的蟬鳴
在遠處悄悄編織一片虛擬的時光
當陽光洗亮了窗戶
詩人的朗誦透明如千魂呼喚
一具具閃動的影子在花叫聲中
集體鐫刻另一個荒涼的名字

您繞過非典的風暴珊珊走來
以枴杖支撐一貫溫厚的微笑
空位可曾諭示身邊待填滿的幸福或悽傷
而那日我僥倖在您身邊落坐

那時您因腳傷出院不久
我們交換的話語單薄如迅速消散的煙
我卻聽見您再一次講述飄泊年少的故事：

小鎮新營的名字曾經收藏您的記憶　我的出生地
只怕我駐守時候還不是妳的出生地　您說
而我們便從這個地名開始相識

也許您已忘記贈書的承諾
自從那次便車送您到師大路口
是不忍那微微蹣跚的背影
我總是默然等待下一次聚首

是否　睡夢中遠遊純屬自然
只是您無須告別也無須倚著柺杖
連枕邊妻子也無須商量
她懂得您微微佝僂的背脊上那對沉默的翅膀
她只需站在記憶的山頭看您飛翔

泉響風嘯飲盡最後的夏日
鳥啼蟲吟鑽進懸掛的露珠
您已等不及清晨入山
林間推開輕霧
我們聽見
您親手撥彈森林中的唱片

後記：

最後一次見詩人大荒是在彭邦楨詩人遺著發表會
上，時為2003年6月28日。突聞先生於8月1日清晨
於睡夢中仙逝的消息，僅隔一個月，難以置信。

文學人第3期，2003
台灣時報副刊，2003.10.3
創世紀詩刊137期，2003年冬

母親不要哭泣
──觀碧潭上灑冥紙有感

拂水而過的早晨
長衫攪亂了清寂
泳者捎來顫抖的波紋
晨跑人嘶嘶足音掃過裙裾

吊橋掀開晨霧的氤氳
龍舟喊醒了沉睡的亡靈
花片暈染著第一道曙光
飛舞出金色旋律

漩渦淹沒不了藍天的回憶
潭水洗不盡水深危險的倒影
沾著汙泥的拖鞋不成雙的散落
何時能尋得回家的小徑

當夜夜掩面的嘆吁探首晨曦
風兒總也吹不散岸邊的送行

妳乃佇立岸邊
以懇懇溢出眼眶的碧綠
承載方才飛揚起又墜落的花片

那染著金色陽光的細語
是誰家拋灑的心情

綴滿水珠的裙襬
再也無法飄揚起落
卻如風鈴般輕聲低吟
母親不要哭泣

中央副刊，2003年

流星雨
——祭921大地震

鳳凰花爆裂的季末
怎的夢域就成了
族人的祭壇

當圖騰昇起
點點落英撫亂了鼾聲的腳步
當鼓聲響起
朵朵繽紛擊碎了黑夜的雍容

落英繽紛的豐年祭上
你瘖啞的喉嚨飲下血酒
你失焦的瞳眸燃燒神火

而黎明醒來
未見秋收

怎的膜拜的鼓聲
卻依然行進

我乃見初冬的寒慄
豐年祭品化身圖騰
你蹲伏如一頭巨獅

而昨夜
呼吸凌亂猶存
自湛藍的被褥上
灑向蒼穹
瞬間凍結成
世紀末最後的流星雨

後記：

1999年9月21日大地震後，不久，適逢出現獅子座流星雨的天象奇觀，因而產生聯想，寫下這一首詩。

中央副刊，2000.7.2

楓葉太紅
——懷念詩人秋谷豐

他努力撐起地球
以顫抖的膝蓋
深掘泥濘的山路
神靈微微嘆息

那日
便沒有夕照

那時秋天已經熟透
樹木靜巧
想著他的疼痛？
卻有老葉沙沙作響
他的手心綻放著優美的弧度
飄向遠來的孤客
一位從福爾摩沙來的女子

僅以一句笨拙的日語
我向他問好
天光掙脫山嵐
凝聚起帽沿下的倦容

怔忡裡我看見
滿山遍野的楓紅
絢染著他慈祥的笑

雨絲沁涼透心
不曾停息
而相約卻總似虛幻
即使沒有夕照
也難以選擇最不傷感的時刻

尤其楓葉太紅
該如何再次來到秩父山神社前
獨自學習執繩搖鈴
祈願航向美麗新詩祭？

秋意總是牽著一幅蹣跚的瘦影
谷壑間斜飄的魂魄遲遲未歸

豐豔的紅葉色澤依舊濃烈

後記：

　　「地球詩祭」是由日本主流現代詩派——現代
詩創作集團「地球詩社」（The Chikyu）舉辦，每
年一次，似乎已成常規，大約都在十一月舉行。
「地球詩社」於1950年成立，詩人秋谷豐是創辦
人。他不僅是一位優秀的現代詩人，也是一位令人
尊敬的長者。彷彿存在著一種緣分，我有幸連續於
2005年及2006年收到秋谷豐社長的特別邀請。又似
允諾，2006年，我懷著必然成行的決心，排除身邊
諸多難事，再次參加了「2006地球詩祭」。會後的

如^果你不^曾過^來

秩父文學之旅，我更見識到詩人秋谷豐過人的毅
力，那時他已身罹癌症晚期，仍堅持和與會詩人們
在雨中走完全程。2008年夏季，我獲知秋谷豐詩人
病逝的噩耗，傷感之餘，翻出與會時的照片，一張
2006年「地球詩祭」會後旅遊的合照裡，我們同時
握著繩索，搖鈴、敬神、許願、祈福；這是在秩
父山裡一所神社前，也是我與詩人的最後一張合
影。再回首，我仍願搖鈴許願，祈求神明保佑詩
人秋谷豐前往另一個更美麗的詩祭。（寫於詩人
秋谷豐逝世周年前夕）

　　日本《地球》詩雜誌，歷經一甲子歲月，因創
辦人秋谷豐的辭世，將於2009年夏，吹熄燈號。

創世紀詩刊，2009.6.17

識別證
──永沛天使般的笑容

這日
上帝收拾起滂沱的雨水
用恬靜的笑容
滋潤每一方乾裂的心靈

只是陽光
少了一點色澤
流雲便揮灑淡淡的紫
塗抹落難的塵間

看那藍天下
一池酒窩的甜蜜
照亮的是父與母精心釀製的
你的慈悲你的善良啊

一朵朵紫色的蝴蝶結

歌詠　也豁然送別

春風化雨任季節變化

永恆啟航於無分寒暑的里程道上

沛然的青春與夢想

36幅厚重顏料的圖文裡

朗讀與聆聽不再哀傷

安息吧！　所有的璀璨或磨難

請安心的飛往天國

新生報到處

唯你無需識別證

天使般的笑容已經配戴

後記：

詩友文林與Fenny之子永沛，於國外工作時發生意
外罹難，2014.9.6參加追思禮拜，當日腦裡充滿照
片裡永沛陽光開朗的面容，而於2014.9.6當夜寫成
此詩。

自由副刊，2015.1.21
創世紀詩刊181期，2014.12

遠颺
——於碧潭空軍公墓

都說
因臨風的玉樹
碧綠山坡
越加挺俊

都說
因雷雨豐盈
閃亮的倒影
使潭水更綠

都說
滿山遍野
盤旋了壯碩的靈魂
藍天更加肥沃

卻不忍聽見
凌霄詩篇的破碎朗讀
當墓誌銘[*]下
栽種的遠颺歲月
早已白頭

後記：
每年三月均前往碧潭空軍公墓祭弔義父郤耀華
——U2飛行員，以及向為國殉職安息於空軍公墓
的烈士們致敬。

乾坤詩刊62期，2012年夏
鹽分地帶文學39期，2012.4.30

---

[*] 墓誌銘：郤耀華，空軍情報署，少校飛行官，河北平
山，三十五歲，空軍官校二十六期，民國五十年，三月
十九日，擔任偵巡任務，飛機失事，因公殉職。

如果你不曾來過

語言文學　秀詩人99　PG2724

如果你不曾來過

作　　者／龔　華
責任編輯／姚芳慈
圖文排版／黃莉珊
封面設計／王嵩賀

發 行 人／宋政坤
法律顧問／毛國樑　律師
出版發行／秀威資訊科技股份有限公司
　　　　　114台北市內湖區瑞光路76巷65號1樓
　　　　　電話：+886-2-2796-3638　傳真：+886-2-2796-1377
　　　　　http://www.showwe.com.tw
劃撥帳號／19563868　戶名：秀威資訊科技股份有限公司
　　　　　讀者服務信箱：service@showwe.com.tw
展售門市／國家書店（松江門市）
　　　　　104台北市中山區松江路209號1樓
　　　　　電話：+886-2-2518-0207　傳真：+886-2-2518-0778
網路訂購／秀威網路書店：https://store.showwe.tw
　　　　　國家網路書店：https://www.govbooks.com.tw

2022年2月　BOD一版
定價：300元
版權所有　翻印必究
本書如有缺頁、破損或裝訂錯誤，請寄回更換

讀者回函卡

國家圖書館出版品預行編目

如果你不曾來過 / 龔華著. -- 一版. -- 臺北市：
秀威資訊科技股份有限公司, 2022.02
　　面；　公分. -- (秀詩人 ; 99)
BOD版
ISBN 978-626-7088-18-0(平裝)

863.51　　　　　　　　　　110020655